CATALOGUE

DES

TABLEAUX ET DESSINS

ANCIENS

Composant le Cabinet de M. BERNARD d'ORIGNY

ET DES

TABLEAUX & ÉTUDES D'APRÈS NATURE, DESSI

GRAVURES, PLATRES, ETC.,

Qui composaient son atelier

DONT LA VENTE AURA LIEU POUR CAUSE DE DÉPART

Le Samedi 29 Mars 1856,

à une heure,

HOTEL DES COMMISSAIRES-PRISE

RUE DROUOT, N° 5,

Salle n° 2, au 1er étage.

Par le ministère de M° POUCHET Commissaire-Priseur,
Successeur de M. RIDEL,
rue Saint-Honoré, 217 (ancien 333)

Assisté de M. FRANCIS PETIT, Expert, Boulevart Poissonnière, 24.

EXPOSITION PUBLIQUE

Le Vendredi 28 Mars 1856, de midi à 5 heures.

1856

MAULDE ET RENOU

IMPRIMEURS DE LA COMPⁱᵉ DES COMMISSAIRES-PRISEURS

rue de Rivoli, 144.

CATALOGUE

DES

TABLEAUX ET DESSINS

ANCIENS

Composant le Cabinet de M. BERNARD d'ORIGNY

ET DES

TABLEAUX & ÉTUDES D'APRÈS NATURE, DESSINS, GRAVURES, PLATRES, ETC.,

Qui composaient son atelier

DONT LA VENTE AURA LIEU POUR CAUSE DE DÉPART

Le Samedi 29 Mars 1856,

à une heure.

HOTEL DES COMMISSAIRES-PRISEURS

RUE DROUOT, N° 5,

Salle n° 2, au 1er étage.

Par le ministère de M° **POUCHET** Commissaire-Priseur,
Successeur de M. **RIDEL**,
rue Saint-Honoré, 217 (ancien 333)

Assisté de M. FRANCIS **PETIT**, Expert, Boulevart Poissonnière, 24.

EXPOSITION PUBLIQUE

Le Vendredi 28 Mars 1856, de midi à 5 heures.

1856

CONDITIONS DE LA VENTE

Elle sera faite au comptant.

Les acquéreurs paieront cinq pour cent en sus des adjudications.

TABLEAUX & DESSINS

Par divers Maîtres.

AGAS.

1 — Un Repos d'animaux.

BLANCHARD.

2 — Académie.

BOURGUIGNON.

3 — Charge de cavalerie.   Dessin rehaussé.

BREENBERGH.

4 — Paysage avec figures.

CASTELLI.

5 — Madeleine.

6 — Sainte Catherine.

DECAMPS.

7 — Une aquarelle.

FETI (ÉCOLE DE8).

8 — La Veuve.

GUIDE.

9 — Tête de femme.

GUÉRIN (PIERRE).

10 — Académie.

GAUTHIER.

11 — Tête de cheval.

HUET.

12 — Études de chèvres.

13 — Études de moutons.

14 — La Fuite.   Sépia.

15 — Le Repos.   Dito.

16 — La Fermière.   Dito.

ÉCOLE FRANÇAISE.

17 — Vénus.

18 — Adonis.

KOBELL (WILLIAMS).

19 — Marché aux chevaux.

LARGILLIÈRE.

20 — Madame de Maintenon.

PALAMÈDE.

21 — Bataille.

PATEL.

22 — Paysage.   Gouache.

SCHWEICKHARDT (H. W.).

23 — Paysage avec figures.

STOCKLEI.

24 — Intérieur d'église.

TÉNIERS (DAVID).

25 — Joueurs de boules.

VAN TOL.

26 — La Bouquetière.

27 — L'Oiseleur.

VAN DER CAPEL.

27 bis — Marine.

WOUVERMANS (PH.)

28 — Retour de classe.

Ce tableau a été gravé par J. Mayreau, et a fait partie du Cabinet de la comtesse de Verrue.

29 — Une copie, d'après Metzu.

30 — Portrait de femme, d'après Rubens.

31 — Portrait d'homme, d'après le Titien.

TABLEAUX & ÉTUDES

de M. BERNARD d'ORIGNY.

32 — Pâturage près Cany en Caux.

33 — Repos d'animaux, soleil couchant.

34 — Pâturage en Alsace.

35 — Moutons des Pyrénées sur la route du Pic du Midi.

36 — Attelage de bœufs en Alsace.

37 — Prairie et animaux.

38 — Entrée de bois, paysage.

39 — Le Retour à la ferme.

40 — Passage d'un ruisseau.

41 — Mouton au repos.

42 — L'Abreuvoir, Vaches et Moutons.

43 — Chèvres.

44 — Vue du pont du Gard.

45 — Vallée près Tournemer (Vosges.)

46 — Scierie en Alsace.

47 — Grande vallée de Munster.

48 — Entrée du lac de Thun.

49 — Cabanes du Tournemalet près Barèges (Pyrénées).

50 — Entrée de village en Alsace.

51 — Vue prise sur les bords du Loiret.

52 — Château de Montrésor.

53 — Vue prise près Villefranche (Aveyron).

54 — Un Taureau.

55 — Marché.

56 — Vue prise dans le parc de Marly.

57. — Passage d'un gué.

58 — Le Retour.

59 — Petite vallée de Munster.

60 — Anes dans la forêt de Compiègne.

61 — Pâturages de Normandie.

62 — Moutons des Pyrénées.

⊰∙⊱

63 — Diverses études de paysages, figures et animaux.

⊰∙⊱

64 — Moutons au repos.
Effet de soleil couchant.   Pastel.

65 — Même motif.   Pastel.

66 — Diverses études d'animaux.   Pastel.

67 — Diverses études de paysages et animaux.
          Dessins.

⊰∙⊱

68 — Quelques gravures anciennes et modernes.

69 — L'Énéide et les Géorgiques de Girodet.

70 — Collection de chevaux, lithographiés par Carle
  Vernet.

71 — Album cosmopolite de Wattemare.

72 — Animaux, par Mène, Bruno, etc.   Plâtres.

73 — Diane.   Bronze.

74 — Une Chasseresse.   Bronze.

Maulde et Renou Imprimeurs de la Compagnie des Commissaires Priseurs.
rue de Rivoli, 144.